献给我的女儿

祛魅之書

江榕——著

长江文艺出版社

图书在版编目（CIP）数据

祛魅之书 / 江榕著. -- 武汉：长江文艺出版社，
2024.7
　　ISBN 978-7-5702-3366-3

　　Ⅰ. ①祛… Ⅱ. ①江… Ⅲ. ①诗集－中国－当代
Ⅳ. ①I227

　　中国国家版本馆 CIP 数据核字（2023）第 207914 号

祛魅之书
QUMEI ZHI SHU

———————————————————————————————————

责任编辑：杜东辉　　　　　　　　责任校对：毛季慧
装帧设计：杨　青　　　　　　　　责任印制：邱　莉　王光兴

出版：长江出版传媒　　长江文艺出版社
地址：武汉市雄楚大街 268 号　　　邮编：430070
发行：长江文艺出版社
http://www.cjlap.com
印刷：湖北恒泰印务有限公司

———————————————————————————————————

开本：880 毫米×1230 毫米　　　1/32　　印张：6.125
版次：2024 年 7 月第 1 版　　　　2024 年 7 月第 1 次印刷
行数：3420 行

———————————————————————————————————

定价：48.00 元

———————————————————————————————————

目　录

9

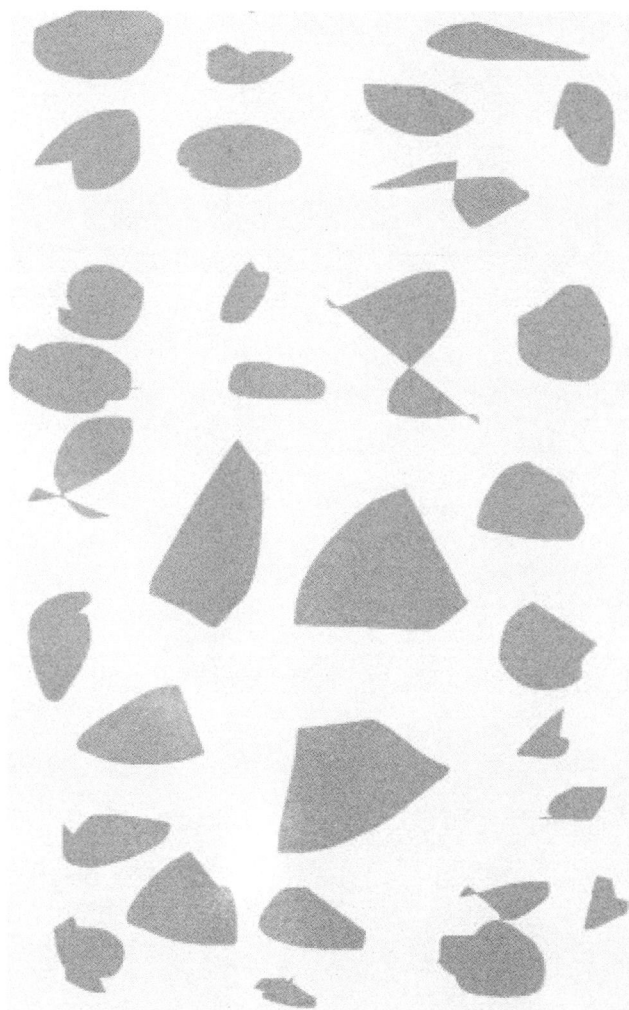

第一辑　人间事

花房六号

要取暖的时候，就去花房六号

咖啡，酒精，还有姑娘的红唇

开阖时飞起的幻影

在体内点起一盆火

旋即熄灭，在花房六号

你要小心，咖啡可以醉人

当它从瓷杯中倒进皮囊

有时会把你烫得吱吱叫，让你变成

还俗的诗僧

蓝毛衣的姑娘举起铝瓶，动作就像

举着一支火把，后来她说话

舌头打架，但老练，克己守礼，没什么

车轱辘话，她把四匹马拴在桩上

这让我几次忘了

在茶卡，从一座盐山上拣出几粒

拇指大小，沁着土色的盐块

无法濯洗，在大太阳下，闪耀着白光

这里是早上八点零八分的南昌

这里是早上八点零八分的南昌

宝蓝色的春光照在你脸上。

孩子们撒欢奔跑，去往他们该去的地方

老诗人扎堆饮酒，小声说话

一夜暴雨、雷鸣、咳嗽

在该停的时候停下

平衡车

转眼间，南京西路

到永外正街，踩平衡车的男子徐徐驶出

非机动车道。

在摆摊算命的僧人面前停下，脚不沾地

从包里翻出一本封面发白的佛经

大声朗诵。诵经声里带着点

南昌郊区的口音。

别在意他是谁的儿子或谁的父亲

你看，他此刻平行移动的方式

像不像踩在传送带上，特地将自己送到我前面

——我，半生在此，请查收

在住院部

拔掉针头，撕掉胶带，撤掉空的
输液袋。从身体里拔去导管，
取出纱布。
带走床头柜上的苹果
酸奶，削苹果的刀
柜子里守夜人的水
病历本，毛巾，拖鞋，暖手袋，晾衣架
推走病床。离开病重的人

在住院部，她们穿着大粉
或大绿的居家服
痊愈之后，也不舍得烧掉

两小儿说梦

午觉结束，两个孩子

哇哇大哭

一个说，老师说过，梦是反的

他没控制住，梦见了

糖果、玩具、游乐园

还梦见了彩子姐姐

给他当老婆。

另一个孩子哭得更凶了

她说，完了，我也没控制住

我梦见爸爸

从很远很远的地方

回来了

抽烟的人

他抽烟，从不掸灰。

一支

又一支

在马路边，

在行道树下

此外，他不做任何事

好像只是在

欣赏

生活

在指尖

变成一条

长长的灰烬

为自己撰史

午饭过后，高华迎
面对电视发起了呆
他突然意识到，自己的一生
行将成为
风中崩解的沙堡
来时静悄悄，去时
也让所有人松了口气
只有他自己不甘心
为了留住这
转瞬即逝的一生，他第一次
下楼买了支笔，一本薄薄的软皮抄
共计耗资：
九元五角

抱猫的女人

穿着睡衣抱猫的女人

看我时，猫也在看我

当她看向别处，猫依然盯着我

那是一只蓝猫

拥有这种猫的女人

一般都性感而成熟

有寂寞的腰肢和

泛着冷光的身体

像《西西里的美丽传说》里

那个妖娆的女人

她们大部分的时间，都在

像我这样的男人们的余光中行走

少数时间，她们抱着猫

把高于痛经的疼痛

在猫的呼噜声中慢慢抚平

699

699 文化创意园

从前是一座针织厂

女工们用过的缝纫机

被当作砖块，码成了一座门

如果你来南昌，一定要来看看

哪怕什么也不做

只是在园区里转转

在一家爬满绿萝的酒吧里

坐上两个小时。你坐的位置

就会和若干年前

一位缝纫女工重合在一起

她咔嚓咔嚓踩动缝纫机踏板

像一列锈迹斑斑的火车

停在你的面前，你不必上车

在你前后左右，这样的火车

曾有上千列。她们在时间的维度里

百川灌河，又随四季流出

有的远走他乡，不知去向

有的深居简出。暮色沉沉

两涘厂房之间，不辨牛马

一首诗是

一首诗是造，一首诗是写。

一首诗是寺中之语，梅花香雪，

一首诗是土壤中长出的，寸许高的言辞。

一首诗是白云飞过驼峰般的山峦，

一首诗是散朝之后把玩的莲子。

一首诗是纸上的明月，

一首诗是历史里的野火。

一首诗是小卖部卷闸门前躲雨的流浪狗，

一首诗是分给它包子的清洁工。

一首诗是刻在沙上的痕，

一首诗是写在碑上的疤。

一首诗是一桶铁打的世界，

一首诗是肉长的人心。

一首诗是爱，一首诗是缄默。

一首诗是兴观群怨，一首诗是杀死比尔。

一首诗是我本将心向明月，

一首诗是书中自有千钟粟。

一首诗是分行的荒草，

一首诗是即将到来的雷霆。

一首诗是常用表里的词语，

浅白，渺小，甚至粗俗，

却道尽了一生的可叹事。

如果你进入一枚樱桃的内部

有这么一款应用，只要你为植物拍照

它就会迅速扫描，然后告诉你

这是樱桃

它还可以让你生物学式地进入

发现紫红的表皮、饱满的果肉、沉睡的胚芽

糖、蛋白质、维生素、花青素及

钙、铁、磷、钾

如果再深入一点，你还可以得出

她们的温度、海拔、气候、土壤的肥力

是的，一切都可以用理性的手法解构

你无须认识她们，就可以在手机上标出

食品等级、药用价值和籍贯

甚至她在各地的价格。

这多么像大自然派驻在人间的办事处

让你轻而易举

就抵达一些数百年前的

绝密之处。有了它

我就可以在两秒钟内告诉任何人

这是一枚美国樱桃，产地加州，营养丰富。

而在以前，我只会说：

这是一枚甜蜜的果子

那闪烁着的红宝石光泽

容纳了她自有的疆域。她能表达爱，

也能昭示不朽的时间

命运之书

回忆那个注定一切的下午
香椿树洗得发亮
阳光如糖浆。拥挤的小巷
处在好奇心最盛的年纪。
我还记得，银色的飞机飞过头顶
那棵桃树站在
刚翻新完毕的马路牙子边
一切都是新的，如我之后所见的
每一个下午，
早熟的女孩子们叽叽喳喳
从这里跑向她们
丈夫与孩子的身旁

过赣江记

乘车行于凤凰中大道，人生中
这样的时刻曾有许多
日光之下，并无新事
所以，哪怕一个人突然哭泣
也是无须讶异的
司机不会停下它
命运的车轮，软言慰藉
我们也不会把多余的目光
从手机上挪开
稍晚些时刻，骑车过赣江
在夕光下悲从中来——
赣江闪着银光，铁鸟盘旋的滩涂
将它切开，一分为二

夜行火车

熄灯之后，夜行火车

失去了运动的迹象

当我们穿越省界

并不会突兀地感觉穿过了一层膜

就像我们告别一个老朋友

不会想到，可能终此一生不再相见

但我们往往能察觉出某个瞬间

突兀的、谜一般的沉默，仿佛一生的话

一眨眼就说完了。

我们戴上耳机

——多少事情就此

交付风声。

列车在安静的天地间

驶过许多人的一生

偶尔，一座空无一人的小站

会亮起惨白的日光灯，鲁莽地闯进

一路上的黑夜

刀片划伤我之前

刀片划伤我之前，我已经为它

做了把刀柄

用一张写满字的纸缠绕

锋刃最新鲜的一端

裹上胶带，一把简易的刀子

就成立了。我用它来裁报纸

必须承认，我过于大意

没有避开某一日头版

一张倾圮的危楼照片中

横卧在碎砖瓦间的人体

这把简易的刀子突然有了恻隐之心

仿佛在石头间砍出了火花

它拒绝切开这一切，而选择

割开容纳它的纸质刀柄

将隐藏得很好的锋刃

从字与字的缝隙间

刺出

秋天凉了

秋天凉了
秋风紧紧攥上这个世界
把一切都吹凉了

走在路上，孩子们
你们为什么在落叶中哭泣？

是不是因为
秋风把北方孩子看过的云
吹过头顶，吹向南方

寻碑记

在沙河村，九十六岁的李姓老人
头发花白，第一次跨过抚河去找姐姐
逐一拨开枯褐色的野藤和矮树
询问碑上人的姓名

当她最终找到
就跪在裂开的青石前痛哭
观者绕过她，清理墓丘上年复一年的伏草
烧纸，插香，凑近说话仿佛

隔着房门，叮嘱一些在梦中的人：
勿忘生者，保佑后人。
在沙河村，每座坟前都插着褶皱的纸花
和白头的墓碑

赣江日出

这条出了本省就无人知晓的江

是由若干条出了本市

就无人知晓的水汇成

再往上溯，还有来自各个县乡村镇

渺小的参与者

它们平时静默不语，谁也不知道

它们私下里储藏了多少雨水

到某个时刻，就相约泛滥

即便如此，它们闹出的小动静

也不过是一场转瞬即逝的洪涝

就像一个关起门来发怒的男人

恰巧碰上了另一个操刀的人

当情绪被稳定下来

挖沙船依然在它们身上来来去去

裸泳的人和电鱼的人依旧

殊途同归，纳凉的人在沙滩上烧烤

结束之后，就把昨日的生活

统统丢进它的心里。

有时，那些在家中哭过的人会突然看见

江水淹没沙洲，水面粼粼生辉

这条江水，在日出无人的短短几分钟内

试了试它那条过于闪耀的

朝阳的绶带

在南村仰望星空

我愿做一个
在蚕豆般大小的加油站外
仰望星空的人

我愿让过往的车辆
都把它们的光洒在我的身上
然后像流水落花一样远去

我愿打开双眼，好好看一看头顶那
密如众生的星辰。芦苇在风中摇摆
秋虫凋零，村庄尘土飞扬

我愿为一个人，在无人来过的旷野看一看星星

稠溪村纪事

早发南村乡，去叩稠溪村的门

道路曲折。梅树下，四头拦路之牛

在捍卫乱世堆筑的村寨

神都住在令人犹豫的地方，因此

一棵草在风中独自跳舞

四周之风纹丝不动，芦苇如华盖

山泛白的鬓角。七百年的时间

把环绕村寨的溪水洗得发亮

随手推开的木门，门环

粗粝锈蚀，仿佛高悬木头之上的落日

在这样一个周末，推开的每一扇门

都没有主人。那些桌椅刚刚拉开

就像前一刻，他们还在聊家常

此刻就已离家万里

留给我们的，就已经是不堪凭吊的废墟

和一颗感慨时光的心

隐秘的敌人从城市包围而来

经济与政治在枫树下闪着寒芒

而我们能做什么呢？

除了像个匠人一样，用黑白的色调

将一切记录下来，像在记录一座

村庄的死亡现场。己亥年十月廿八

五个人来到这里，他们爬了一遍稠溪村的

石板路，拍了一些坚硬的照片

天空很蓝，阳光很白，青苔绵软

我思念的人在远方，和众人一样

白

早晨出门时发现

一夜之间

楼道已被粉刷干净

墙壁、门牌，甚至

所有人家的春联

都归为纯粹的洁白

一种崭新的，雪地般的白

二十年前我留在

墙壁上的鞋印

十六年前的球印

十年前的划痕

孩子的涂鸦（此刻她已是个母亲）

邻居家狗的尿渍（狗已老死数年）

一切都消失了

就在一夜之间

成为一无所有的白

香椿路

这条路两旁的香椿快要触到彼此时

被锯断了树冠

第二年，工人挖开了路面

撬起了人行道

把树一棵棵挖出来装车

把围墙一堵堵推倒

又在裸露的部分铺设沥青

两侧填上更新的地砖

把两车道变成四车道

做完这一切，他们种上了两行梧桐

这些梧桐树隔着铁青的路面遥望对方

它们需要半年以上的时间

适应脚下的泥土

有一条香椿路，生于 1955

卒于 2020。在它庞大的尸体上

人类依旧成群结队，繁衍生息

山居

沿一条没有路灯的马路上山

月光穿过松林，照在未完工的别墅工地上

落叶尚早，抵达住处之前，我们聊卡佛、赖特

谈豪格从冬晨一块挪威木柴中

彻夜倾倒出温暖

聊到无话可说时，就在沉默如铁的湖泊旁

拍栏杆，像许多年前那位山东诗人所做的

而我们真正想要说的一切

却无人提及

这座城市

这座城市，路修了十年
重霾浸染，江水穿城
偶尔枯竭，入夏就好
棚户区逐一拆除，就像从一个人的身上
撕去癞疮。干净
也疼痛。清爽也血腥。
这座城市，时间比以前快了一些
当初一下就是一个夏天的雨
透过香樟树叶的筛子，迅速地停歇
哦，还有一些旱雷，在云层上方
干巴巴地滚动

学府大道东站

这些年，进出学府大道的
未必都是学子，多是地下冒出的野草
通过安检，捆成一束，被拥挤的地铁
运输到既定的位置
而他们，塞着耳机，不问世事
遥望车窗外
沉寂不知岁月的地下空间
正如当年，我们在熄灯后模拟句法
喊出不属于我们的愁。
如今我隔河而望，偶尔
负愁而走，却说不出半个字
便如一只在青天盘旋数周
又略略振翅，落回水田的白鹭
你看，它在燥意炽盛的秋风中
曲颈发呆的样子
多像一个狗日的诗人

答复

夕阳之下，那个孩子在江滩上

往水里丢了枚石子

像我们，将困惑投向时间

江水回应他小小的涟漪

他后退，在沙滩上助跑

用更大的力气投出另一枚

这次，江水没有回应，漩涡北去

他保持投掷的姿势

在水边，伸长脖子眺望

似乎在等待一个答复

从水里返回岸上

秋

那天我本该说点什么
但涉世越深，很多事情便越难以启齿
盛夏结束得如此突兀
我们只会说：金色的烈日落下了
我们不会说：漫长的冬夜正在升起

被时光晒白的书

内容已不重要，它摆在窗台上

不知几年，封面泛白

纸质干燥脆黄。主人姓罗

购于 1983 年，有钤印

它印出来的那一年，我还没有出生

有意思的是空白处的批注

还写着过去的事情：

"此处甚妙，当浮一白。

小妹上周所言，此处可以印证。

红旗北路，供销社旁，见赵 X 红同志……"

庚子年，我购入此书

在春天

一页页看到最后

提笔想写点什么，却发现

无话可说

这个春天正在飞速流逝

骑行四公里去看一家老店

确定它尚未复工

返回的路上，看见梨花快要谢尽

似乎总是这样，想起你

我就把准备好的自己

又准备了一遍

雨落下来了

雨终于落下来了
比预告晚了两天

在一家复工不久的烧烤摊前
雨落在我们头顶

最早一批从画地为牢里
解脱的我们，雨落在我们肩上

牛羊生烟，人间之气上达天听
雨还落在那些再也听不到的人们脸上

群星周而复始，江水东流，山川依旧
雨终于落在这个天圆地方的世上

灯火阑珊书

晚饭后，下楼转转

旧小区人声寥寥，

灯火漆黑，建筑望之如巉崖

小卖部的老板娘

一手端饭，一手教训调皮的孩子

广场上，老人坐了一排

飞快吐出急促的抱怨：

孩子总不回家看看，带孙子没时间

土豆又贵了五毛钱，诸如此类。

有老妇人呵斥孩子：吃饭端好碗

不要用筷子敲碗边，否则会招来穷鬼

信誓旦旦，仿佛巫祭，而

孩子们呵，追猫逐狗的年纪，听得进什么？

他们聚在一起，捧着碗踢球

追着流浪猫喂饭，像奥特曼一样变身

有时大喊一声"妈妈"，又疯狂跑开

忘了自己本来要做什么。

晚八时一过，广场上人流渐渐

散去，四周黑崖般的单元楼

灯光稀疏，次第亮起

像一座失落王国的蛮荒土地，在仲春的夜晚

找到了火，升起人烟，上接天幕

人性的落回地面，尘埃淡薄

神性的越走越远，星空繁盛

东林寺七章

长廊

没有什么不具备第二重含义
佛殿间的长廊，肃穆庄严
直楞窗间却透出
芭蕉和竹林的绿意
长廊向下是天王殿，向上
是地藏殿与大雄宝殿
居士长跪不起，云
在荷花池中
飞越自己瞬间的倒影

飞过香炉峰的云

起初，那些阴沉的
仿佛坏心情的云，就守在香炉峰顶
把自己变成一炉烧坏的香
等一首写给它们的诗

在岁月里漫漶

等不下去时，就从云中

扯下青蓝色的雷电，一遍一遍

抽打人间涌起的

湿润的地气

东林大佛书

那天，漫长的阶梯尽头

一尊金身大佛

手托莲花，持与愿印

如此，便有了布施天下的伟力

拾阶而上，四千级

每一级都曾横在人间的路上

雨云翻过香炉峰的肩膀，

这一刻，世界仿佛佛案前的贡品

我想述说那些深渊里的过去

但陪我走过这一程的人，一袭洁白

她让我想起漆黑的太空中

某颗急剧生长的星辰

雨中转佛者书

转佛，毋庸说是转莲台

金光闪耀的莲台

在群山之巅，在人间之上

在擦过山脊的雨云中

低头默走，口宣佛号

暂时放下人间的身份，仿佛自己

是一片洁白的落羽

飘在这固化的风涛般的群山

仿佛这片羽毛

生来便带着雷霆

落地时便激起海啸

朝佛书

她低头向佛时

佛也在向她

佛的金光在为她加持，

仿佛默许

她是人间派来的使者

洁白明净的长梯。

而她身旁的游人并不知道

他们的祈愿，正通过那

架梯子上达天听

他们仍有自己繁杂的想法

当他们喃喃念出

自己的欲望

人间的风便将它吹走

在乱云之巅

金色宝顶，惊鸟铃，长廊，斗拱

长风削出的拜佛台，九品往生

十二光如来。乱云吹过，其中藏着

普度众生的秘密。

最好的山色供奉给佛祖

我第二次来到这里，沿着中轴线

俯瞰人间的炊烟

佛祖可以看得更远，那些
在山脚便匍匐着磕长头的人们
杂草在他们身旁疯狂生长

洗心池

她们舀起池水，洗手
她们舀起池水，浇在石莲的尖上
水面紊乱
很快恢复三十岁的平静
她又舀起池水
以遮蔽那段危险的波澜

麦子

我的猫，叫麦子
三个月大，金渐层
卖家给我的时候，开玩笑说
这是一株金色的麦子

它还太小
除了卖萌，什么也不会
我训练它自己睡觉
到点之后，就自觉返回猫窝

有一天我起夜
麦子就静静坐在窝里
看我。像一棵野麦子
看着人类生活

有一天我胃痛
麦子也静静坐在窝里
看我。像一棵野麦子
看着人类受苦

盛夏观大雪

看画展，一整面墙雪景

望之生寒

高原的大雪，江南

水乡的大雪

漂浮在大海表面

泡沫般堆积的大雪

令人窒息，既而惊叹，拍照。

看展结束，走入

美术馆外日光如雪的天地

一个黝黑的老人上前

问我要矿泉水瓶

他赤着上身，白发

稀疏，像化雪后的岩石

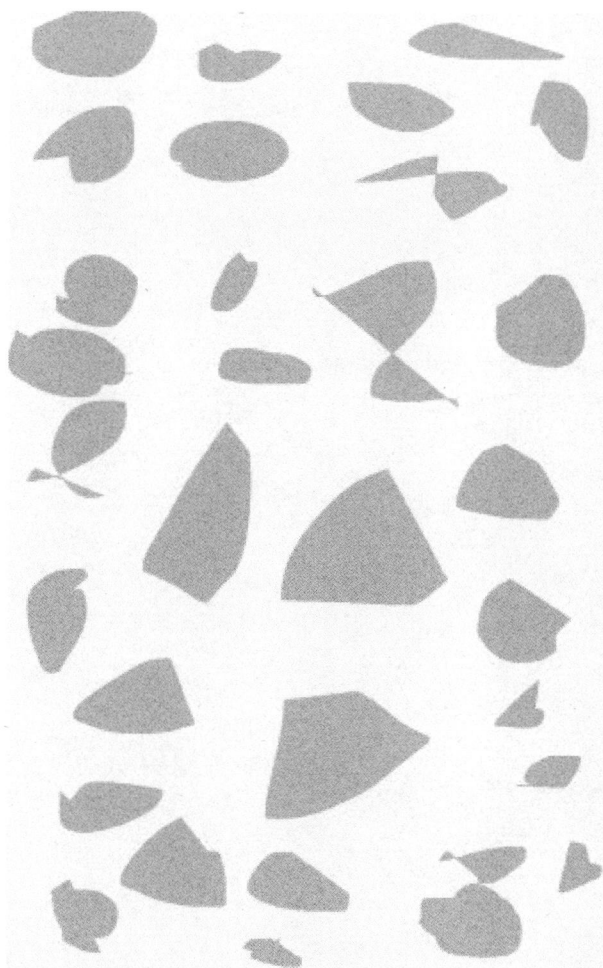

第二辑　满歌行

2017 年末寄自己

这一年，绷紧又放松，终将自己
活成了一张弓
真有想法，指向谁，谁就要紧张一阵

但这种事，我都没做过
最多指向镜中的自己
或电脑桌面上的豹子

自从我把自己做成弓
身体里就一定有什么被磨成了箭镞
那些坚硬、锋利、可远去万里的东西

我将它们留在原地，天长日久
它们会化作世界上最坚硬的暴雨

十八岁书

今天，最后一名 90 后
正式成年，这代表一代人
集体跃过时间的门槛
这一夜，朋友圈里刷起了十八岁的照片
秒针滴答扫过的每一圈
都在刮疼一些不愿
老去之人的精神。十余年前
我十八岁，面相甚老，如今甚嫩
体内那棵寂静的松树尚未破土
还有一些曾经健在的人
他们随我们起跳，你能看见那些
群鸟般跃起的影子，却不能听见
他们落地时的声音

东归记

我回来后，那里就多出个缺口
很久很久，都没有人填上。

本来，群山都已习惯
在水边，来者止步，环堵萧然。多少年

突然就空了。群山面面相觑，窃窃私语：
那个搬山的人，禀性真好

石头记

书架上摆着我十岁、十二岁、二十岁
以及其后每次捡来的石头
方解石、水晶、冰川石、籽玉、树化石……
它们在地球上躺了几亿年，被水流送到四方
偶尔睁开眼，看看雨水中洗得发亮的世界
打个哈欠，新石器时期便过去了。
或许，那些从石头里炼出青铜的人们，
也在它们身上靠过。
今天，时间把它们磨得很小
就像这几年，多少故事在我身上发生
流水每天都在打磨
那个捡石头的人
让他内心粗糙、外表圆润，让他不为人知的一面
留下特殊的蚀刻。
而万物始终未曾平静，雷声一响
它们就在书架上短暂地
窃窃私语

三十岁书

三十岁，话要少说，事要多想

少喝酒，适量饮茶。咖啡戒不了，就不必戒

总得尝尝苦头

近来风雨多。水在云下，人在地上

豹子走失前，一直在我体内

嗅梅花

寄柳

在柳堤上骑车，日光如炉，无风，杨柳肃穆
这一带罕有人至，我在柳影中
停车，像古时的人
笃信它们能听懂一点从不出口的语言

散记

8 月 18 日，暴晒，云朵如块垒

午时，城郊有雨，市中心的天空

跟着阴沉了一会儿。

骑行十公里，回复微信一条

写到一半，复又删去

那时在柳岸，看水

忽然想结束蓄须

行至江头，又打消了这个念头

旧巷子里，老树忽现

想找口树洞，绕树三匝

想想还是作罢

它太老了

我又太轻

登高

那时，我看着阳台外
缓慢移动的浮云块垒，而它们
甚至没有高过船形的玻璃建筑
鸽子绕着它们飞行
飞累了，就落在某户人家的屋顶
那时，就像站在热带的海底
仰望不远的海面。
一生中有十五分钟
用来献给天空、飞鸟和
身边这些微苦的海水

还乡

回到家乡时，家乡
和我五年前离开她时不一样
和我八年前离开她时也不一样
和我十三年前离开她时也不一样
和我开始写诗之前不一样，并且一定
和我不再写诗时也不一样。

迷马沟

我很喜欢
这个虚构的地名

在我的小说里
这是一个
适合英雄陨落的地方

我会让杀过狮子的将军
孤身闯进这里
我会让鹰飞过他的头顶

我会让他在一个适合松弛的时辰
走上山坡，任马自去

我会让他关上山谷的门，在日落之前
我会让他代替我
走到迷马沟的深处

风紧

静下来时，读史，射箭，煮咖啡
烹一道小菜，斟青梅酒，放流水东归

倘若有风声在体内呼啸，就在白纸上落下一个字
就像豢养了一只燕子
看它飞进苍茫的雪中

夜宿水边

在这个台风将至的深夜
赣北群山在月色下发抖
我可以将之理解为
对南方那枚"山竹"的呼应与共振。
今夜不宜外出
而我们却在水边扎营，在帐中
看着山影变淡，看着这一天
从我们人生中的若干天里淡出。
水边不远，那座旧寺
传出大雪般的吟唱
如同无处不在的香炉草和悬钟的香气
落遍群峦，超出供养者
简单垒筑的藩篱。
打水的人回来，提着一桶
试图逃离流水的声音。
风起时，营地失语，黑夜无边无际
忽然，汽车擎着氙气灯的长剑
沿盘山公路掠过。我听见那些光线
拍打在帐篷上的响声

喝咖啡，读楚辞

一枝梅花，一只

素灰色的梅瓶。这就是我

书桌上的摆设。

除此之外，还有

一套楚辞。它们摆在一起

就是林薄参差的气息

当然还有咖啡。黄金曼特宁

又称"苏门答腊虎"

它有安静的醇度和

杉木般寂静的回甘。

梅花下，喝咖啡，读楚辞

把人间关在门外

那感觉就像在镜中

为一头安静的苏门答腊虎投食

它轻提爪子，收敛踩碎

落叶的声音

偶尔也在纸页间

留下金色的毛发

白衣江学士书

入公门，又出公门

钓竿依旧弯曲，一如我的颈椎

在流水中酸痛。不可预测的

是水面下的事物，而一同盘桓的

早已不是旧江山

白鸥是故人，遍照我身的

是月光。养石

也养气，但焦虑总是难免

好在那个令我头疼多年的小站

已经驶过，就像重新活过了一遍

那些令我头疼的人

也在弧形的顶点，随鳜鱼游上浅滩

一别多年，硕士纷纷

晋为博士，而白衣江学士

穿上皂衣，又脱下皂衣，还是

白衣江学士，他木讷而善良

沉默而温情

石上莲

只有这么一棵它

摆放在石桌上，在干枯

而未腐朽的荷叶旁

还带着缜密的纹理。

只要靠着荷叶，它就不会意识到

自己的处境已与同伴不同

就像一个失去双腿的人，始终

还会感觉到栩栩如生的幻痛。

这个世界上一定有某个地方

藏着我虚幻的避难所。

具体到只要一场雨

就有可能把它洗出来。

我准备把这朵莲花

种进它空旷的庭院里

为了随时随地

擦拭上面的灰尘

祈雨者

需要在越来越安静的地方
才能写出点什么

古代祈雨的人，也一定是这样
念完祷文，就陷入神秘的静默

等待幽微处的神明赐下一场雨
或继续在这样要命的

天地的空白中，放任河流，在穹顶的云端
无声无息，奔流而去

葡萄

摆在天蓝色陶盘里的紫葡萄
关灯之后，就消没不见
似乎它们只存在于灯光中

我又打开灯，品尝一枚
它甘甜，略酸，微凉
另一枚则带着些许的涩意

那一夜，我反反复复起身，开灯关灯
葡萄一定以为这是无声的雷暴
把同胞从它们之中逐一带走

如果

如果还有一场雪，
就留到最后的时辰再下
如果还有一面，
就留到分别的时候再见

当年吹过我的风，
还在地球上孤独地打转
还在日复一日，把华美的事物
镀上锈迹

一生无法像一首诗

这是最无奈的事情

一生无法像一首诗

发于懵懂时，写坏了

就划掉重写

或者修修补补，突然冒出一句

神来之笔

又或者是行笔至半

感觉意思到了，就停笔而去

不必给任何人

交代

"雪白一片的烈日"

"雪白一片的烈日"

这是我最近迷恋的表达

那天我在雪白一片的

烈日下，前往水边办一件事

感受阳光覆盖在身上

像一场大雪，积压在人间

最后我好像什么事情

也没有办。就是在水边，等着对岸

的白光慢慢消失

那种心情，像等待一场虚拟的冬雪消融

并带走我身上曾经被赋予的

全部的温度

一首诗写完

一首诗写完，即告虚脱

仿佛一生的精华都在此刻

用尽，最后剩下

被压制的语言

组成海绵状的人体，支撑着

人的形象漂移

但要切记，务必回避镜面

远离月光。防止

镜中人惨白的脸色

重新撩拨起那些

欲言又止又

无法抵达的冲动

生日书

三十二年前，我冒昧地来到这世上

尽量少地惊动一些人

尽量放轻脚步，轻到山川一无所查

好混入人群，默默活着

不到万不得已，不爱上别人

避免引起憎恨或感激

大体上，就像一棵树

在树林深处谨慎地呼吸

偶尔打开自己，接纳

同样在大地上游离的精灵

"天不为一物枉其时"

所以总会忘记我，远扬而去

有空就去无人的水边走走

像个逃避自己的

魏晋隐士，但总在看完落日后

又一头扎回尘霾滚滚的人间

请原谅我吧，在这世上冒昧地

虚度时光，捧着一叠厚厚的诗稿

沿街叩响每扇紧闭的门

世界向我倒来

早晨做了一个可怕的梦：
世界向我倒来。
直到现在，我仍在思考
它代表了什么预兆
是否代表了某个时辰
我会向它全面沦陷
我在早晨金黄色的
樟树林中停下
行人都向一个方向移动
鸟都向一个方向飞
连叶子，都在向一个方向
坠落

深夜读史

年少时，我总认为

黑夜是神的双手，按时捂住我们

好奇的眼睛。而现在我已经知道

黑夜是一种背弃

当这个星球转过身，背对着光

就是说有些事情不足为道

就是说，此刻

读史是无用的，写诗是羞耻的

要对黑夜中无法显露的事物

保持定期的遗忘。

神在黑夜中独自拥抱我们

而我们，在黑暗中拥抱彼此

找不到肩膀的，就在井壁上

默默地刻下说明时间的象形文字

有时，神也会指着远处那些

有光点的方向，让我们停下，静静等待——

鞭挞这个世界的雨痕，翻山越岭而来

并且复归寂静

日光赋

写下这些句子的时候，
我可能缺少应有的庄严：
玻璃外墙反射着日光，石质建筑里
人们像祖先一样，虚掷时日
紫外线如雪落下，生命蠢蠢欲动
语言陷入自我的干扰，长风里有多少
无法听见的电波嘈杂，就有多少心事
在仅允许出入一次的空间里幽闭。
（或许那些徘徊的鸽群
就是在抚平空气里的纹理）
永远的安静永不存在，你听
在这个天圆地方的世界上
每一粒沙都在死去，
每一粒沙都在重生。

为往事立传

是时候了，西瓜头、电影院
三轮车、破碎的酒瓶、橘色的
皮椅、发黄的信、狗、秋千的轻响
旧书、被压垮的书架、白塑料桶
生锈的自行车架、胶皮弹弓、纸飞机
桑麻、竹篱笆、红色砖墙、褪成蓝纸的
海报。黑衣少女在阳光下
金色的光丝

写诗，一些词

很奇怪
一些词突然出现
像隐秘的枪手
狙击，打穿的窗户
缉捕凶手时，又
消失不见

杀虎记

我爱一个女人，就爱她的全部

到无处可爱时，就躺下来

作为一个面对猛虎而

满心感激的男人，面对命运的嗅探

无人可爱时，就杀死自己

身体里丛生的猛虎

此起彼伏的猛虎，多像人间失控的荒草

有一天，白昼很短，车厘子缺少应有的甜味

大雨在霍乱的街头弥漫

我过早地杀死了第一头猛虎，然后是

第二头

雪落下来

我想过一万种
雪落下来的情景
但雪没有落
天气最冷的时候
只下了一阵雪籽
雪像个成年人
在崩溃的边缘
控制住了自己

春分

天上有云，地上有水，春天在中间分开
一年中最多希望的日子，春天
从早到晚，没有什么不同

一个骑电动车的女人，逆行劈开车流
一群刚放学的孩子，讨论着迪迦奥特曼
一条河穿过城市，在人们的视线之外悄悄蓄水

春天，有人莫名喜悦，有人躲起来默默抽完一根烟
有人终于决定放下过去，开始一种全新的生活
好像被春雷击中，突然就变成另一个人

春天，有一堆潮湿的旧书在库房发芽，等待被寄走
有人在角落里做爱，万物野蛮生长

有人踢掉土块，大声喊出姓名*，有人
从坟墓里钻出来，像野花开出一条路，像一道明亮
的烫伤

---

*语出詹姆斯·赖特《在被处决的凶犯墓地》。

夜过青山湖

无数次，我在深夜路过它

这座以路灯和吸光的水

标示自己的湖

从哪个角度，你都只能看见

一块醒目的黑色

在夜的中央，格外坚硬

你甚至可以在光消失的地方

指出它沉默的边界

这样的沉默者已濒临灭绝

风把它轻微的低语递过来

但无人签收。

这个时刻，只有这个时刻

骑车的人从夜色中驶出，又驶入夜色

像一把劈开万物的刀

将万物留在它们原先的位置

我是一个怀旧的人

是的，我现在越来越离不开

那些过去的事物了

不舍得丢的旧书

脆黄纸页上褪尽的字痕

旧器具、钢笔、书签，收藏多年

不起眼的石头

表面似乎还泛着入手时的温度

重要日子的票据、一缕头发

种种种种，都是把我的"多年以前"

拉到眼前的线索

这样就仿佛回到某个起点

又活了一遍，又活成了人们

需要的模样。你看，当下多么无用

"过去的事情可以让我自由"*

就这样吧，我愿意做一个

在午后晾晒自己的人

让紫外线穿透身体

一点一点，剥去时光之轮上的风尘之叹

---

* 语出盘尼西林乐队 Say it again。

直到某一天，万人之中

有一人按住那枚逆向飞旋的年轮

将它重新校正到

现在的刻度。我会握住一件

开心的事，并且忘记

那些使我破碎的东西

老照片里的人

1993 年的老照片里

有个中年男人，静静站在

荒凉一片的赣江边

漆黑的江水，在远处的铁桥下匍匐

像一群鹤站在铁里

2021 年，我路过此地

男人会苍老，铁桥已消失

不会有陌生人等我如新

夜里，只有漆黑的江水

习射书

初习射时，总想命中靶心

箭矢越集中越好，最好

一箭射中另一箭的尾羽、箭镞

在靶心溅出火花

一箭劈开另一箭，一箭了断另一箭

现在，我只想向山水无人处放一箭

期望它能射中自己的命运

即便我一生只能囿于原地，我也希望

终有一物，能代替我

奔向神秘的自由

立冬，致自己

立冬，宜进补
比如穿过人群，静静地
看深红的夕阳落入大地
像一滴露珠融入海洋。
比如在昏昏欲睡的下午
写一首简单的诗
用来下一瓶复杂的酒。
比如和喜欢的姑娘吃顿饭
隔着暖烘烘的水汽，随便聊些什么
像一对默契的老友，避开
频繁出现的欲语还休。
秋天在退潮，立冬之夜
适宜静坐，回避幽暗处的小人和
恪守教条的正人君子。
世界越来越小，月光之弦过半，孤独者
行于珍贵的人间，偶尔拥抱
那曾诞生过风暴的宁静

牙医说

需要把坚硬的牙齿钻开

掏空里面时不时

酸楚的内芯

再填上一些

说不清道不明的材料

如此，这就是颗健康的牙齿

它不会动不动心酸

也不会再生病

箭术与月光

在一个晚上走几公里

找一片空地射箭

在月光下开弓的那刻

感觉自己暂时地

离开了作为人的肉身

化为一竿被雪

压弯的竹子

看，月光落在弓身，多像一场世事的大雪

落在我的身上。我不决定

什么时候让箭离开

正如谁也无法决定

雪何时离开竹叶

当雪掉落，竹子恢复原先的姿态

就只有一个人拥有

它曾经屈身的记忆

荔枝书

从岭南到长安的难度

比不上从乌托邦来到 21 世纪

一骑红尘带来的躁动

也比不上深秋时节的羊肉火锅

在里面翻滚，可以忘却

汝其戒，疏瀹而心，澡雪而精神

有人举身赴水，有人在风暴中

像一棵幸存的树一样孤独

现在缄口还早，现在闭上眼睛

加入摸象的行列还早

大雪必然会降临，现在还早

还有时间，让一棵树遇见另一棵树

到那时候，就让一场大雪把我们挤压在一起

变成一对洁白的荔枝

摆放在时代的旧盘子里

感冒药

它甜得发苦，却有药味
很淡，不足以驱散
这个时代赋予的狂热
也不足以温暖空旷街头的风寒
从东汉末年到 21 世纪
它不挑病灶，哪怕疾发乎心里
也吃不死人。它清热去火解表散寒
在每一个昏昏沉沉的夜晚，在每一个
世界头脑发热的时刻
人们都会以各种理由饮下它
像进行一场神秘的仪式
让它去应对那些轻微到不可见的事物
让它抚平我们的惶恐、焦虑与无所事事
它像一道光，照进我们枯燥乏味的生活
将各种草木的阴影
投射在一杯深木色的温水之中

黑鸟

一只黑色的鸟落在窗外

在摆满枯死植物的花架上

静止得像一尊雕像

这不合理，但它歪头盯着我的样子

却像个久未谋面的故人

又像是装满来自黑色星球的未解之谜

在冬日午后金色的阳光中

等待我来解答。黑瘦的它，

哑口无言的它，抑郁症的它

让我想起许多年前

我也曾站在同样

光辉灿烂的时刻里，将一肚子

阴冷的担忧隐藏得很好

那时候，万物散发余热

黑夜被无数次沉默地预见

一生只有三次动心

遵医嘱：戒酒、戒咖啡、戒除欲望

健康的，不健康的；

厚道的，刻薄的；遥远的

或近在眼前的。不要多爱一个人

也不要离开若干年的画地为牢

不要去深夜空无一人的街头挑灯等待

不要去海边，翻找鲛人的泪滴

人近中年，光是坐着就已身心俱疲

所以要少动，保持呼吸，不苟言笑

便可不知老之将至，像一个完成了仪式的祭司

一生呵，只有三次动心：出生、相爱、死去

一生呵，只有三次死心：出生、相爱、死去

霍乱时期的爱情

阿里萨在电报台前

给攀越山崖的

驼队中的爱人发报

那些甜腻的情话

在十几座电报台间传递

最后在秘密的洗澡间里

被两个女人阅读

如果说霍乱

是在这一刻暴发，那么它

结束的时间

就是我合上这本书

在铁锈般的夕光里

独坐的那刻

河流会把目光伸向远方

看见它时，就会望向上游和下游
虽然这两端的终点都不可视
这是一种本能，就好像看见一个人
就会去想了解她的过去
和未来。当然，有时候
也什么都不想，只是静静看着她
发育得刚刚好的身体
再看一眼，这美好的身体
就要去远方了

我要去南方了

小时候，我甚至还不会骑车

就步行五公里，去书店读一本宋词

读一位诗人，从北一路流徙南方

像一只惶恐但桀骜的大雁

在雪上留下爪印。

作为一个孩子，我尚未想好如何向旁人解释

这凭空而来的悲怆与压抑

所以我都对母亲说："我去看参考书了。"

直到一个暴雨之夜，宋词消失了。取而代之的

是一整面墙的题库和磁带

我淋着雨回家，好像

那封贬谪的诏书已经摆在我的桌上

母亲问我："你去哪了？"

我说："我要去南方了。"

某个时辰之后

灯火稀疏的街区，就像沉向海底的巨轮
在这艘泰坦尼克号上，我能清晰看见
童年生活过的舱室，留下爱情的过道

那无数次挣扎，却无法冲出的船舷
那在群体狂热中满速航行
奔向命运礁石的船头

我一直在与自己抗衡，如同我一直都爱你
把一块冰抱成水
把陌生人爱成亲人

而严冬夺取一切。
从今天起，就不再向任何人透露心事
孤独的海洋，我已在波浪的谷底

合格的春天

气温就这样降了下来，在春季的中途
让万物保持冷静，让雨水归位

让一些亢奋的叫春安静下来
让赞美脱离头顶虚空的云层，变成水

让水进入泥土，进入谷物的脚下
进入河道、水库、机井，进入你看不见的地底

如此，才是一个合格的春天
万物发芽，众生平等

爬山

我是一个拖延症患者

每次说去爬山，都会推到下一次

下次吧，山一直都在那，又不会飞走

有一天，我心血来潮

驱车来到山脚

从老四坡上山，登上新四坡

循只走过一次的小路，穿过

记忆里的深林草莽，有种

即将见到故人的喜悦

直到看到那座早已翻新的野庙

木柴栅栏换成了雪白的粉墙

我没找到当年抚摸过的那口铜钟

向下，走到乌井水库，也没见到

那两匹野马。我坐了坐

就下山去。路上，飞蝗沙沙地

从小路一侧飞到另一侧

山已经飞走了，留在原地的

是一些泥土和石头

旧物记

清理旧物吧。她说。

于是我们来到储藏间，铁门锈蚀

上次打开还是冬天（存放一座旧衣帽架？）

开始清理，分门别类。纸箱放在门口

里面是暂时不看的旧书，乱涂的手稿，死去多肉

住过的花盆。几只旧杯子，蓝青花勾勒着

一些传奇小说里的场景

贴着纸箱的，是一立方瓷砖

二十年前装修时剩下的。两座橱柜

从最早的老屋里搬来，一座是松木

一座是老樟。搬过来时，借了辆三轮车

扶着它走了五公里（玻璃竟然都没碎）

里面放着我父母青年时用过的碗碟

和旧日证件：我母亲的护士证、月票、优待证

我父亲的军官证、通行证，若干年前

他的一张用稿通知书（手写）

照片上的两个人，看起来比现在的我还年轻。

我还看见了当年的自己，一个抱在怀里的

两岁的小男孩，看着镜头，没有思考和忧虑。

挨着两座橱柜的，是两辆旧自行车

几台失去了前罩网的电风扇，其中一台

军绿色，铁叶片。一些木工具。等等，还有

一只掩埋在灰尘中的旧皮箱

上了锁，锁孔已锈死。所以没有人

知道里面装着什么秘密了。

还有一只褪色蛇皮袋，装着一包衣物

是我小姨的。当年她总说，明年就拿走

她于去年八月去世，享年五十九岁

却老态龙钟。奔丧那天，日头雪白

亲人来了很多，多数是第一次见面

我们陪她到一座旧渡口，目送

她的棺椁上船远去，在苍茫一片的

湖面。我将这袋衣物放回原处

看，还有一只封在纸箱里的老花瓶

我试着挪动，而它

沉重得好像装满了液体（是时间吗？）

我打开纸箱，露出一只沾满土沁的

瓶口，黑灰、粗糙，隐约有

暗金边的珐琅彩。而内中

空空荡荡，一无所有

这是太外公的，舅舅小时候，险些打碎

1966 年，它被埋进老家后院的地下，就此长眠

直到 1996 年，我外公与世长辞

最后时刻，才想起它。

它出土时，我应该正好在那张

灰白色的藤椅上打瞌睡

一个少年，已经理解死亡的意义了

但他从未说出口。他只是

开始狂热地执着于旧物

把铁埋进泥土，把闪电

埋进高高堆积的

灰烬般的乌云

咖啡丛书

素秋

我们到过的地方
很多都已消失
比如那个素净的秋天
领略过的银杏
在金芒芒一片的秋光中
已辨认不出
那是我第一次
冲煮咖啡
法压壶挤压出的秋天
停留在静悄悄的
酒红的暮色中

黄金曼特宁

当中最好的
又被称为"苏门答腊虎"

一种蹑足于丛林中的猫科动物

安静，但狂野

神秘，又致命

它只生活在亚齐省的

塔瓦湖与托巴湖畔

如同这个世界上一切美好的事物

均有各自的栖息地

有时它也会突然走出丛林

暴露在一片金黄色的

秋毫无犯的日光下

瑰夏

首先是日光在空中摇曳

它代表了一切美好成熟前

浓烈冲击的甜美，仿佛在

饮用一朵鲜花，与之接吻

直至苦柚味刺破爱情的幻觉

成为咖啡之前，在埃塞俄比亚

寂静的瑰夏山中

它们默默生存了许多年

带着蓝宝石的光辉生长

带着火山岩的温度熄灭

耶加雪菲

在埃塞俄比亚

耶加雪菲小镇

这里盛产一种

装有上百种花香的咖啡

它们种在农民的后院

与燕麦和大豆生长在一起

它向我们走来时，并不知道

广袤的非洲草原在黄绿色的

季风中舒展

并不知道那时候，

我在偏鄙的江南小城

因最明亮最顽固的茉莉花香而

全身为之一振

波旁

他们说，在深煎炒的咖啡中滴几滴雪
就可以品尝出火山的微酸

近况书

1

可以简单聊几句，但不可深谈
老忘事，就像过筛子，留下的不多
但都硌得心疼

2

忙，但不知道忙什么
青苔遮住了半池水，剩下半池
还能再忍半生

3

咖啡不能断，草本的苦，层次鲜明
远小于人间的混乱

4

爱情变得奢侈
夜晚用来听小提琴
并记得梅花吐蕊时
爱着的那个人

5

书越读越少
书越读越久

6

总觉得明天就要挥慧剑
看看那些恨我的人
又有些舍不得

7

最近总是在梦里写诗
梦醒时，都随着梦干涸了

8

以前我总想和她睡觉
让她不胜其扰。
现在不想了。
斩断流水时
流水会有感觉吗？

9

有人砍走我门口的樟树
有人又留下了几段樟木
今天，阳光狠烈。它们
像是被阳光碎尸万段

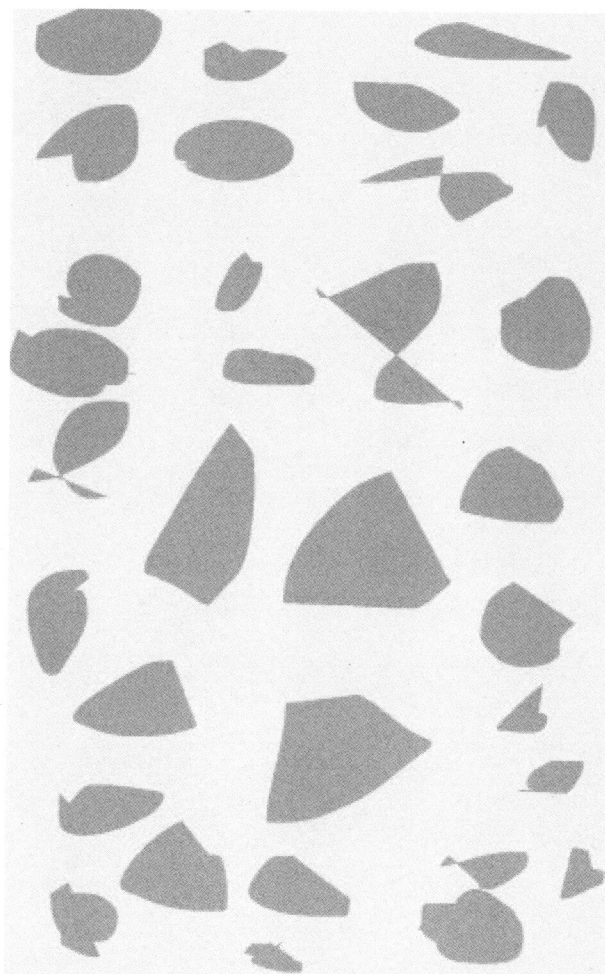

第三辑

别君叹

那些人

我的世界里有许多人：

和我同样安静的人

和我同样喧哗的人

在铁轨边寂寞种地的人

在江水上细数钢锄的人

养鸭子的人，切菜的人

在镜中数梅花的人，打碎镜子的人

在莲花寺，用一整个秋天平地的人

在大太阳下晒被子，如牧群羊的人

按时上下班的人

每个周四晚上用大提琴奏出楚音的人

被半杯酒搞到脸红的人，羞涩的人

抱着孩子唱欢乐颂的人

网络上的人，电话里的人

秋天会给我寄红叶的人

摸着石头过河的人

把无法说清的事物塞进我体内的人

把我变成 个诗人的人

用逼仄的无神论套住我的人

那在地球上衬托着我，或被我衬托着的人

他们

放上一段时间就会消失。除了

那从 1988 年开始

就在这个世界上庇佑我的双手双脚和

一颗头颅的人

我如果要死，绝不死在夜晚

——悼念诗人江一郎

我如果要死，绝不死在夜晚
绝不允许那填满一切的黑暗
在抗拒了多少年后
终于填进我的身体。

我如果要死，也不死在清晨
在万物皆生的时辰
独自走过湿漉漉的暗蓝色长街，
挥别这逆旅般的人间

我如果要死，也不死在中午
太阳刚强，独裁者的精力旺盛
阳光鞭挞万物的表面
干燥吞噬着走过的路

我如果要死，也不死在黄昏

这衰颓的时刻，百草枯萎

神撇下了与祂对弈的人

这盘棋的悬念呵，就这么搁到永恒

我如果要死，还是死在夜晚吧

但凡要丢弃的，就让他丢弃

孤独的人，就握住自己的手

就和夜幕一起，合上巨大的眼睛

别君叹

——兼寄彭阳兄

自君别后，生活依旧

春风十里还是那个喝酒的地方

门口的秋千，变幻大王旗

江小白两瓶，无菜亦可下酒

宜读书，少闲扯

有时为姑娘写几首诗

那是应有之意。

等活干的同时，积累

天地间的飞絮

你不兜着它们，就会落在

大家的头顶，一层一层

这些浇铸在地球外壳上的尘土

只有少数人看得见

余者融入它们。人间事

春色三分，二分尘土，一分流水

点点都是，

粗糙的美学

大河引

乘车，过河。天地间有一处是暖的
有一处火苗正在蔓延
大河北去，人生中
无法回头的一天总是离开得特别快

送别

在蓝色的清晨，从人烟稠密的市区出发

前往一座草木占据的山岭

去唤醒另一个世界的接引人，请他

领走我们中间的一个

松间的白雾轻得

好像一个人未及写完的一生

在掷笔之后，该如何定稿

都是别人的事。

送葬归来，路过赣江上的铁桥

洪流滔滔，半凝固地远去

钢铁上行走的我们，走到宽仁的大地上

会发现：失去了一个走向它内部的人

赴约

驱车几十公里，去赴一个约
那感觉就像雪中访戴。
日光照在九岭尖的盘山公路上
之后，我们在灼热的沙滩和冰凉的
涧水间无言。往事是安静的
除了哀叹彼此缓慢的
衰老，就只是看着孩子们嬉闹。
临别，约定了下一次
尽量不选在这么遥远的地方了。
住在我们体内的两个人
走出来，握了握手
人间的躁动，一一抚平于
日光、黄沙和冰啤酒

寄彭阳

自君别后，久未晤面

白驹皎皎，都涌入江湖

偶尔想念，偶尔饮酒

偶尔摆出一排江小白，像一串炸弹

但味道越来越淡

给过你一次电话，你回拨一次

聊分别后的过往、新爱上的姑娘

第二次，又推翻前文，都是酒话

你晋身为父亲，我还是老样子

在自己的方寸间打转

像一个隐世的鬼魂。

后来又去过一次"春风十里"

服务员换了一批

没人还记得，那个晦暗的夜晚

一群闷骚的诗人曾以世界杯下酒

絮絮叨叨，说些词不达意的话。

雨慢慢落下来，又慢慢平息

豫章故郡，一切都是旧的

唯有我们，是百代之过客

想起某人，像饮咖啡赏雪

独自凭栏，所见皆是熟悉的江山

地球正把自己

变成一个巨大的二维码

生活其上，刷来刷去

根基还算稳固，可没准哪一天

就突然被去了势

慵懒地靠在沙发软垫上打盹

有时说些爱与被爱的事

事到临头，又只在微信中

写了又删。

寻常的世界，平凡的人生

只有在月下想起某些人时

会突感清凉，像看见一片雪

在黑咖啡里渐渐化开

往昔历历在目

忽然发现，我喊过"哥"的人

大多已四十出头

我勾过肩的兄弟，都慢慢走到了天边

我心里默默写念过无数遍的姑娘

越来越像个雍容端庄的

中年女人（但我仍爱她）

孩子叽喳，她的伙伴们

跑得越来越快

越来越远。我总是从别人身上

看见自己的衰老

总是从手机的运动记录上

看见自己脚步的边界

这是怎么了？或许有一天，

我连咖啡也会告别

像所有人推送给我的微信那样

只喝清茶，不熬夜，远离酒精饮料

和唐时的明月。

来看我的朋友越来越少

弓弦在脚边慢慢松弛，箭矢在靶心停留多年
可我却哪也不想去，一遍遍
摆弄积攒下来的玩石，像读自己的来信：
往昔历历在目，一身如东流水
知交仅两三星

哭之笑之

那天，我们看完话剧

在滴水成冰的风里走着

城市没有醒来，小巷保持沉默

一起走出剧院的人们

迅速稀释在夜色中

若是在明末，他们也许会走向山林

也许会回到自己的草庐

点一盏灯，直到身体

像草木一样冰冷

也有另一些人，离开自己

光滑的身躯，在清初的河流中

做一条暗无天日的鱼

并没有什么可遗憾的

走在北风如刀的子固路上

我们始终保持一臂的距离

聊着多年前那个画家

和他任人摆布的爱情故事

没有人自行消失

南京西路到北京路

那条地下道

昨天下午，在一场大雨中

有个老人跌倒，就再没起来

他的电动车还在鸣笛，

车轮还在飞旋

好像要追上他

因为惯性而远去的灵魂

人们绕过他的身旁，都要放慢车速

有两个人站在雨中

对电话那头报出地址

他们不说"死"这个字

却从里到外都在颤抖

像两只草原上的野兔

突然间目击

苍鹰从他们之中抓走一个——

没有人自行消失

这场大雨中，一只冰冷的手

抓在我们当中某个人的肩上

月下书

出去吃肉，散步，在夜晚骑车

随便找个理由陪你走走

你看今晚的月色金黄

有人在这样的月色下，顺着小径走到天边

有人只是像我，傻站着，等着

等一些光穿过三十万公里真空的孤独

落在我的脸上

审石书

我有多久没摸刀子了？

石头堆在盒子里

还是它们原本的样子

完整，没有刻上某个人

或者某一瞬的心思

没有从"一块"，变成"一枚"

还是来自山林的精魄

我确信，夜深无人时，它们

还会窃窃私语，用它们自己的方式

甚至不同的方言——

福建、浙江、云南、内蒙……

一到晚上，盒子里必然沸反盈天

但当我拂去上面的积尘，它们就会立刻

屏住呼吸。我打开盒子

一一看过去：

田黄拟赠 Z 师，青田拟赠 H 君

水墨冻自然是留给 W，巴林石

等 P 兄哪日再聚。盒子的角落

还有一块桃花冻，我每次审石

都不去看她。

她从未说话，我也从未

等回她的主人

牙医速写

中午看牙医

躺在操作台上，想到一句话：

"人为刀俎，我为鱼肉"

不由好笑，想起多年前故交的

几纸信笺上也有如此说法

忽然慌乱，意识到

信笺已散佚于颠沛，某人

也不知去向，不由动容

牙医宽慰道："无妨，不要紧张

只是一个小手术。"牙钻继而继续

钻响。我努力回想

故交的姓名，一无所得。

许久，牙医示意我起身，漱口

清水旋转着汇入盥洗盆

看来他在我口中钻探许久

也没有勘测出多年前

那个一度沉入我生命的人

一个人怎样才算见过世面

要怎样才算见过世面？

不那么顺利地成年，生一场大病

勉勉强强痊愈。

找一份工作，然后再找一份.

有一点小爱好，很多年后

又想起有这回事

爱一个人，最后被迫

将她从生命中割舍出去

生一个孩子，陪她长大，送她出嫁

收拾一间房子，只有自己

拥有它的钥匙，在尘世撑不下去时

就来住住。或者

有一首歌，只有听到时才能想起

某张在细雨里离去

就没有再重逢的脸。

走过十万公里，回过头，轻舟已过

万重山。但这些都不是最重要的

在一个银装素裹的冬天

我不再思念一个人

在这之后的每个冬天

我都没有再思念那个人

敞篷卡车

多年以前，我睡在一辆

敞篷卡车的后车斗里

和里面的货物一起

返回故乡

所不同的是，作为一个孩子

我不能在卸下之后

就开始使用。工人们

在我身边来来去去

用方言闲聊

他们问："你是XXX家的吧？

在城里读书？几年级了？

放假了吗？怎么回来了？"

他们还会指着板条箱

让我念出上面的字

我没有回答，不是因为我不会

而是至今没有学会一句乡音

因此，他们也没有把我卸下

周围的空间

变得宽敞后，卡车再次发动

笔直的水泥路通向天边

一边铺满黄澄澄的稻谷

一边毗邻青灰色的水面

这是我对于那趟行程

大部分的记忆

半夜时分，我们停在

水边的村庄前

舅舅们坐在塑料棚里看录像

他们终于把我们卸下

引领我们进入堂屋

为刚逝去的那个人再哭一场

我会想起这场雨

我会想起这场雨

在无人的深夜

匆匆掠过久旱的土地

就像一个热心

又羞涩的朋友

千里迢迢来看你

却只说两句客套的寒暄

还在临走时留下

一箱说不出是什么的特产

嘱咐你，等他走后再打开

如果这个朋友

现在出现在面前

我就会想起这场雨

想起德令哈

——兼寄海子

那年我坐着摇摇晃晃的长途客车

从清晨到傍晚

穿过两侧锯齿状的山谷，来到德令哈

和各行各业的陌生人，走在自己的朝圣路上

像怀揣着一个不可告人的秘密

入城时，巴音郭勒河穿城而过，灯彩稀疏

街道两旁，红旗分列

而我们不是它迎接的人。

打开地图，到处都是山峰的名字

乌兰陶勒盖、黑石山、哈布楚霍特勒

乌兰霍特勒、雅日嘎图、乌兰布拉格浩尔格……

天空低过它们的肩膀，夜晚的黑骏马从南方飞过

已经过去六年了呵，六年时间

堆积在我身上的尘埃，已如车轮碾过，一片狼藉

我的肉身早已抵达，但灵魂

好像今天才一步一步，走近这里

那天凌晨，我在不知从哪吹来，飘着

青海牧歌的风里，一路走到他的纪念馆

巴音河边，围挡如四面楚歌，将他与我分隔开

在那块暗蓝色的路牌下，偶尔有车轮驰过

那夜，人类睡眠香甜。醒来的人，才会看见

天地苍茫，他从这里升起月亮

又谒个山

四月，春日，阳光和煦，又去谒访个山

定山桥前，数百名孩子在排队

跟随老师，进去拜见一个或许此后

都不会闯入他们生命的人

他们用五分钟走进纪念馆

剩下的时间在塑像前拍照，在水边长廊

追逐打闹，像一群顽皮的星球擦出火星

他们跑过他在

两棵巨大苦槠树下的坟茔

在他的墓碑前藏猫猫

只有一个女孩，在个山小像前停步

她说，这个老爷爷，好像有些孤单

与 Z 君

整理邮箱，才发现你的一封信

写着：请给未来的我写点什么

当时还没有写完

你就不在了

大概是四年前，或是五年

和很多人约了，抽时间去你家看看

一直没有成行。去年又聚，都说要去看你

临出发时，又都沉默不语

世界上的路有千万条

唯独通往你的那条，已被抹去

你的微信没有再亮起

也没有删去。我们所有人

都留着它，但不敢和你说话

生怕哪一天，就有人回道：

"在。"

别笑，这不是鬼故事

只是担心那个时候，我们

要怎么继续下面的话题呢？

你离开后，世界继续运行

话题也只能停留在过去

生与死，爱与思念

如今我们都已满身疲惫

但没有一个人停下休息，像你一样

走着走着，就消失了

那些比你小的人，都已经纷纷

追上了你的年纪

我在想象，这条漫长的路上

当我们再次相遇

你会不会笑话我披一身风雪

依旧过成不快乐的样子

我也会接着把那封信写完

也不用写太长，就写几个字：

"好好活着。"

仅此而已。

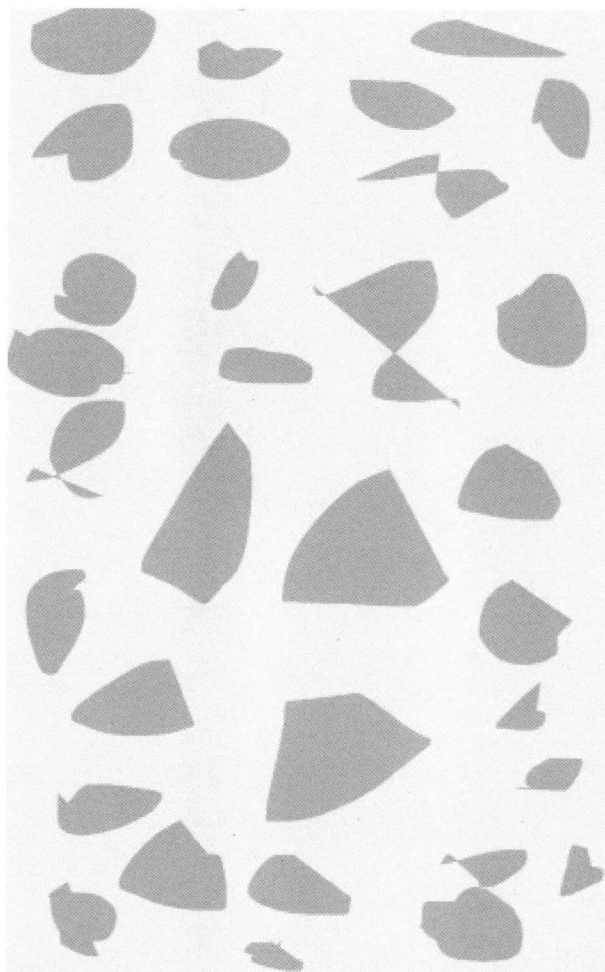

第四辑

相见欢

雨不会停

悬而未决的事物令人着迷

比如挂在屋檐下的水滴

你不知道它何时落下，比如天台边

发呆的鸽子，它们默默蹲着

仿佛接受某种命运的降临

又比如云层上方阴沉的雨水

和对于诗人迟来的判决书

今天早上，女儿睁开眼

谁能知道她梦见了什么？

她说："下雨的天气

不管你怎么叫我不要哭

雨都不会停的。"

荨麻疹书

依依，从年初开始

你就频繁生病。

卅春流感，初夏疱疹性咽颊炎

现在又是一身荨麻疹

据说，是螨虫引起

宜暴晒床褥，规避猫狗

然而深层的螨虫

还是绵绵不绝。

孩子，很抱歉，让你生在这么一个

装满病毒和螨虫的

肮脏的世界。

幸运的是，你现在长大了，不用频繁打疫苗

也没长那么大，接触不到那些

披着狼皮的坏叔叔

晚上给你讲故事，你总问我然后呢

然后，这个世界会好的吧

会在漫长的隧道尽头闪着光

蜗居书

孤悬宇内，给娃烤个饼

看她大口大口吃完，脸上放着光

好像门外已经没有了病毒

没有那些远远出生

又安静死去的人

一场大雨，把院子里的油菜花吹倒了

她问，如果明天

蜜蜂再来采蜜，看见花不见了

该多悲伤啊？

孩子不会知道，不只是有些蜜蜂

再也找不到它们的花了

也有些花，等不来它们的蜜蜂

田螺姑娘

小时候读书，最喜欢志怪

温柔的姑娘躲在螺壳里

清晨出来，操持家务

鸡栖于埘，羊牛下来

就回到自己的水缸。

我特别渴望有个这样的姑娘，我想

我会把她捧在手心，不让她劈柴生火

和她周游世界

有一天，我忽然翻到

女儿出生时的照片

她裹在厚厚的襁褓里，恬静地睡眠

多像一枚洁白安静的螺肉

呵，我的田螺姑娘

我那顽皮到头疼，喜欢爱莎公主

正在玩厨房玩具的田螺姑娘

未来，你会潜入哪个臭小子的水缸？

打针记

送女儿打针。似乎一场病

让她迅速懂事

她坐在操作台上，撸起袖子

接纳一颗寒光闪闪的针头

没有哭，眉头不皱，淡定得可怕

像一个久历沙场的女将军

这和其他尖叫痛哭的孩子

形成鲜明对比。她甚至

捧着手机学了两堂英语课

才小声说，想看一集动画片

她靠在我身上，好像变成了一颗

沉默的苦瓜，有点瘦弱，纤细

但骨头坚硬。一袋药结束

她关上针头的调节器

等待忙不过来的护士

穿过哭声的丛林。我的女儿

今年五岁八个月

在这个疾病丛生的世界，她有些镇定

又有些紧张，她一尘不染地坐在
父爱的领土上，横刀立马
面对那些哭哭啼啼，恩恩怨怨
秋天到了，是的
她一直在我心里开疆拓上
偶尔摸索着，种下些什么
会往深处钻的东西

大地的核心

早上起来，女儿要光着脚下地

被抓回来后，就蒙着被子生气

躲在她的小窝里，说："气死我了！"

几分钟后，又爬起来

在玻璃的水雾上画画

窗外下着阴森森的细雨

湿漉漉的野猫灵巧地

跳过红砖砌筑的围栏

你看，即便大地阴冷潮湿

孩子们还是想要

亲近它稳定的核心

诗人六岁

她说："世界就是不开心的
因为下雨的时候，水就会进眼睛。"
我的女儿，今年六岁
她一直认为所有的不幸
都是被大雨从天上冲刷下来的
所以她喜欢和我做游戏
下雨时就趴在窗前，忧心忡忡
像个先天下之忧而忧的女诗人

有很多语言不必说明

等你回来，我就去买菜

做你最爱吃的油焖大虾

再炖个羊肉汤，秋深了

在等你的过程中

我会开始蓄须，哪怕

等到须发皆长，苍茫雪白

等我老成一头山羊

再由你来为我剪去

或让它们伴随我

像一场大雪，覆盖在身上

给依依

我很快会老，到时候

就不能陪着你了

就自己一个人，找一座悬崖

在海浪般的咖啡香气里独自沉睡

那时我在这世界上

踏出的每一个脚印

都会迅速风化，与我藕断丝连的每一个人

都会像礁石一般坚硬、冷酷无情

到时候，你要去哪里找你的爸爸呢

去向这个有诸多地方不称职

却比任何人都深爱你的人诉说心事？

不，你不用走遍千山万水，甚至不用

离开这座城市。我爱你这件事

就像太阳一样，无须讳言，也无可遮掩

你或许偶尔感觉不到，但那只是

日全食的阴影席卷大地

看，这褪去光芒的太阳

那么苍老，那么暗淡，那么忧郁

立秋

昨夜，女儿睡得很早

离家之前，我说："今天立秋。"

她在梦中问："立秋是什么意思呢？

是不是一个人，站在秋天上面？"

或许是吧，立秋，天气依旧灼热

十万只蝉依旧聒噪，争相发言

每个人都懒洋洋的。城市

依旧被白惨惨的日光烘烤。

秋天的开场如此盛大

站在上面的伪中年人，依旧像它一样

强大、暴力、欲火焚身

让人无法想象，不久之后

秋凉会垂覆大地

衰老会如约而来

我所爱事物的影子正在增长

夏日，大暑。酷热而盛大的
爱正在焚烧万物

直到日光渐尽，明月浮现
躁郁、空虚，延烧夜幕

直到从夜空被灼穿的创口里
看见万物深藏起它们的影子

当诗人说起"爱"

他可能并不是爱你，

而是爱你身边的植物、绿色的风，绕着

你飞舞的金色的蝴蝶。爱你撩拨长发时

清晨的光，爱那

推动着你，来到他面前的命运

爱时间里酒红色的晚霞，就像多年前那个诗人说的

停车坐爱枫林晚。

当然，更有可能

是因为深深地爱着你，连带爱上了这个世界上

每个如约而至的时辰

祛魅书

她在平和而隔绝的空间里作画

采下世上的颜色

置于莲花形的调色盘上

此刻，她如同一方神祇

拥有为万物命名的权利

当她最终在流水中冲洗色盘

人间的颜色混成

彩虹般的绚烂

我忘了说，每一块从万物中取出的颜料

都会将它们的神性

附着在不可言说的无形之物上

所以此刻，这个女子

在为天地间的一切

祛除它们神魅的一面，或者说

她将一种神奇的生命取下

赋予这张纸上的创世之初

我总疑心某一天

那张纸上的小仙女会走下来，向我们打招呼

呵，那张纹路清晰的卡纸

像一方被白雪覆盖的

隐秘的世界，而我

站在这隐秘世界的窗口，屏住了呼吸

生怕那些出入我身体的空气

会被取走魂魄

我可以为你做的事情

我可以为你做的事情，包括且不仅限于：

陪你坐下，陪你呼吸，陪你离开
陪你看日光分开晨昏，万物生长，大地自己运行。

也可以在必要的时候，远远走开，不要回头
像白鹭呆立水面，鹤最后一次梳理它们的羽毛

154

"我看见过大海"

我看见过大海

深夜，海是一块沉默的黑铁

反射着星光，那淬火后的烤蓝

我从来不曾想过

征服它，这样的大海

对于我来说，只是一片空空荡荡的原野

我们在海边把栏杆拍遍

就回来，像爱情从未发生过

我们只是去看了一片

远离生活的海

亲爱的

亲爱的，你在月光下
睡着的样子
像怀抱着一块褐玉
让我想起三十岁那年
第一次看见白鹤
当时它静静地
立在秋风里，一动不动
整个世界在那一刻
收低了它们
窃窃私语的声音

风

他说，风都是从天空来的
我说，风也可以是从树梢上
那些嫩绿的巢里孵出的
和孩子们较真什么呢？
女儿还说风
永远都在地球上，一直孤独地
吹啊，吹

持戒书

人间事，不可为者那么多
譬如不要在雷雨天打伞
走在树下。不要涉过不知底细的水

譬如少作停留，无人处也有神灵
有些蛛网般轻盈的
灰色的不祥之语，勿要提及

又譬如那个姑娘
明明很爱她
但无法开口，也难以回头

——如果说前者是一种戒律
后者便是持戒者，常年
低头苦行，突然遇到的光亮

亲爱的，雨不在一朵云下

亲爱的，雨不在一朵云下
但雨总会下
雨云遮蔽两地，在上方
总有北斗七星和猎户星座

在紫蓝色的夜空中对视
小时候是这样，现在也是
星座不会有太大的变化
星星的闪烁，是亿万年前的生灭

亲爱的，你看，秋天了。
我们相遇之前，夏日曾经宏大，现在它
将它的阴影
垂覆在长短纵横的雨水间

美好的事情

美好的事情就是

在一个午后的雨中逛书店

什么也不看，只是看你

在垂柳与荷叶之间

安安静静，风吹动长裙

像一株美丽的植物

我想要这短暂的时刻

当大雨驾着冰冷的马车驶过头顶

我也要和你温柔地相爱

从清晨到夜晚

在这颗淡蓝色的星球上

穿碎花长裙的姑娘

亲爱的姑娘，你的

淡粉色碎花长裙那么美

就像这个春天

开满山野的樱花

我去不到那些

虚构出来的樱花树下

所以我只能小心地凝视你

这醒目而安静的美。

在这个太多人

缺席的春天，如果有人问我

我终于能说，春天是美的

樱花开在空旷的时间里

裙子穿在你的身上

是神赐予的补偿

在猎户星座下

作为一个深居简出的诗人，
当我午夜疾驰在
这个世界复杂的公路上
必然是为了赴一场
致命的邀约。当我
想起这些句子，像是敲响了
与前半生搏斗的铃铛
就这样开始吧
日落时分我走过的城市
在夜深人静中倒退
铁马的引擎轰鸣着？
越过人世间永远填不完的坑
是的，当我越过我们之间
短暂的空间和漫长的
时间，当我抵达夜色中一座沉默的大厦
在灯光下无声等待
大地上的杀气四起，一枚纽扣
从袖口脱落，不知去向。

亲爱的，我看过你

十年间卸下的包袱，也看着你

此刻头顶的星空

你看，那是猎户星座

举起枪的老猎人

正瞄准我的胸口

在万物屏息的夜晚，此刻

你迎面而来，我们相背而坐

车窗外，高架桥和快速路的示意牌

一闪而过，湖水和被夜色吞噬的亭台

一闪而过。我们在猎人的目光中

穿过紫蓝色的世界

这座城市的烟尘从未有如此刻般谦卑

亲爱的，你一步步把我关进失语的夜晚

有明亮的月色和

你被手机冷光映亮的双眼

如果你在看我拍摄的星空照片，请你放大

再放大，这样

你可以看见那些退隐在茫茫暮色中

静谧闪耀着的璀璨星光

在某个无法入睡的时辰

它们那么坚定地

覆盖在这片大地之上

当我在梦中喊你的名字

这两个月

每天都会梦见你

昨天梦见我在开车

倾盆大雨，你和谁

坐在后排

很开心地聊什么，闪电

时不时劈开夜空。

我和你说话，但你没理我

我立刻意识到，这是做梦，

因为以前

只要我喊你的名字

全世界都会在

这一刻停下

今晚，我爱的女人都在熬夜

今晚，我爱的女人都在熬夜

有的在做数学题

有的在看《孟子》

有的在喝茶，有的

什么也不做，发着呆，数着秒针

她们在朋友圈，同时播报

自己的夜晚，看起来就像

这些姹紫嫣红的超级英雄们

刚刚拯救完全世界。又像

世界那么大，并没有一个男人

需要她们去拯救

送别秋天

五点醒来，沿湖慢跑

晨雾略重，日出。朝阳亮起

像这个世界翕然睁开双眼。

先是雾色，继而万物退潮

湖水在堤岸下轻轻拍动

她说："看了一部电影，哭死我了"

是哪一部呢？

人间的秋光扑簌簌落下

回到桌前，写一封信送别黄叶

写到秋天最遗憾的事：

院中桂花已谢，最终未能

摆在她的案头

水边的阿狄丽娜

当我背着你，穿过那条长长的
梦境般的隧道时
我突然后悔没有带一支笔
把我们的名字
写在涂鸦墙的最上缘
这样，只要有人
企图在山腹中凝视星空
就能看见我们，像一对
大地深处的双子星
亲爱的，我还后悔
我们沿着退潮的海滩
走了一圈又一圈
看过了从花朵里熬出的糖
从木头里种出的戒指
却没找到你爱吃的芒果
我们这两个素来寡言的人
走到隧道的尽头
你就从我的背上下来

想你的时候

我就又把你背上

爱

她进门时，星辰光明，众生辉煌
她转身时，也带走了世上最后的光

她是第一个字，也是最后一个字
她是扶正我身体的手，也是涂去我姓名的笔

她是纸上不可见的褶皱，是随手写下的名字
在人间的某处落地生根，野蛮生长

爱上一个人时，她就是人间所有的山川
爱上许多人时，她们都是那个人的影子

父亲节（其一）

早上，接依依打篮球

看她熟练带球，上篮

又迅速跑去队尾

恍然惊觉，当初这个

躺在襁褓里吃手指

做鬼脸就能逗得

咯咯笑的小姑娘已经大了

而我，也早已不再蓄须

对世界的愤怒与日俱减。

打完球，去买了两杯果茶

父女俩靠窗坐着，看着窗外

她送了我一根自己做的手链

一枚粽子，挂着铃铛

她看着我，说，父亲节快乐。

五年前，她画了幅《火》

说："我的眼睛，可以照亮

那边的火。"五年过去了

那幅《火》一直摆在我的床头

她依旧可以照亮我

让我心甘情愿地燃烧

从里到外，从狂热到温柔

父亲节（其二）

我很少为父亲写点什么

为节日的应景之作更少

那看上去就像

电子平台上的某种表演

是日，日光酷烈

心血来潮，给父亲打去视频

看见他和老战友们围坐

畅谈长途旅游的计划

我说，父亲节快乐。

他兴奋得满脸通红

却说，今天酒喝得有点多。

那一刻，我恍惚想起小时候的

某个下午，我溜出家，在排水渠边

挖蚯蚓。到黄昏，看见父亲

满头大汗，骑着自行车

飞速掠过每一条道路

那时的他，比现在的我还要

年轻几岁。找到我时，他说

就只是骑车遛弯、兜风

那男人特有的羞涩，和我

挂断视频电话时一样

陪依依看电影

陪依依看一部纪录片

关于北澳洲的生态

电闪雷鸣，小鳄鱼从

湿热的窝里破壳而出

在雨水中展示它

嫩生生的牙齿

依依悄悄捏紧了我的胳膊

我低头看她，目不转睛。

电影里，鸟儿在土著人

点燃的夏季火焰里穿过

去往另一片大地

雨林滴滴答答，一人高的

食火鸡，一百八十磅重

吞下一枚枚藏蓝色的果实

电影的最后，开场的那只小鳄鱼

成长为三米长的巨型咸水鳄

它绕过昆士兰州，来到

大堡礁，和大白鲨争夺海龟的进食权。

以上这些，都是依依告诉我的
电影开场时，我就睡着了
依依说，鳄鱼很可怕
但抱着爸比的胳膊
就不害怕了，我帮你记下这些
摸摸你的头，就放心睡吧

我们去照亮那团火（后记）

我女儿依依四岁时，有一天上美术课，画了一幅跳跃的篝火，深蓝色背景，明黄色火焰，线条灵动，火光明亮。我看见那幅画的瞬间就被深深击中了。我说："依崽，你怎么画得这么好看呀！"

她开心地指着那幅画，说："爸比，我的眼睛可以照亮那边的火。"

那可能是我听过最动人的一首诗。

那段时间，我正处在人生的低谷。每天质问自己，寻找不存在的答案，焦虑、抑郁、不安、失落、漂泊、孤独，负面情绪每天都像影子追随着我，黑暗无所不在，人无处可逃。在这个状态下持续了很久，以至于我越来越热衷于寻找疼痛感，诗歌用力越来越重，越来越像个盲目的矿工，狠狠抡起锈迹斑斑的铁镐，企图砸穿黑沉沉的地壳。

女儿的画，就是那时候出现的一团火，跳跃着驱散了眼前的阴霾和迷雾，让我感觉到温暖和平和。

我对于诗歌，是偏向被动的态度，感知力和同理心是我写作的原生动力。长久以来，我都在让自己沉静下来，成为一面镜子，映照出这个世界给予我的模样。如果有光，我就被照亮；如果在阴霾中，我就呈现出幽暗的视觉。为了更加清晰地反射出这世界的每一丝深藏的微光，我不断让自己变得敏感。

但敏感是有代价的，这个世界的痛觉会被不断放大，而喜悦在痛感面前天然缺乏竞争力。诗歌在不知不觉中，会被赋予某种宏大的属性，成为疼痛的符号、图腾，某种偏颇的叙述语言，某种被神秘化甚至神圣化的元话语。

这些元话语，使写作者们往往走向了学院派的神性写作与口水化的民间写作这两个极端；而在文化精神谱系上，对待汉语诗歌经典，写作者也陷入了迷信地尊古与粗暴地摈弃两种困境。无论是哪一种极端，过于在意或过于不在意，究其根源，都是对诗歌本身言说功能与文体属性的神秘化。

在此基础上，诗歌所表达的生活、思考、情感，都会或多或少被赋予一层神秘化的色彩，从而脱离大众生活、体验、思考的语境场。语言的异化导致文体的陌生化扩散为言说对象及言说内容的陌生化，从而造成普罗大众对诗歌的隔阂与误解。

因此，这就是"祛魅"的必要性。不要带着目的和倾向去介入诗歌，不要在走近之前就先为她戴上宗教式的皇冠。这些是诗歌的一部分，但毫无疑问，不会是诗歌的全部。

在诗歌中保持理性是矛盾的事情，但失去克制则会丧失对写作的控制力。我用了很长时间，从精神的泥沼中一点点挣扎出来，让自己离开负面状态的控制。这是一个艰难的过程，我有接近两年的时间，写作陷入停顿，写作本身和写作的意义，成为一个挂在墙上的问题，除了覆满的灰尘得不到任何答复。

那两年的时间里，我变换了工作，改变了环境，越过一个又一个泥潭，见识过了一个又一个陌生人，有热忱也有冷漠，有欺骗也有赤诚，生活中的光与暗面，虽然不是一一对应，但总是星球的两面，昼夜轮替，一些人在替另一些人善良，一些人在替另一些人受罪，但不可否认的，太阳每天都会升起，日光总会降临。

我们不能沉浸在痛苦中，当然，也不会永恒沐浴在绝对的日光里。我们要寻找暗夜里的光，也要允许看到日光中万物的影子。荣耀与苦难，幸福与悲伤，喜悦与愤怒，这些存在本身就是生活的一部分。

至于看待的方式，或许便如女儿所说的，她的眼睛可以照亮那边的火。

不是由火来照亮我们，而是我们去照亮那团火。

我来到，我看到，我书写。

与诸君共勉。

江榕

2023 年 10 月